AF602668

CATALOGUE (N° 11)

ESTAMPES

LITHOGRAPHIES, CARICATURES

ET

EAUX-FORTES

MODERNES

Bracquemond — Daubigny — Delacroix — Jacquemart

MÉRYON — MILLET

Leys — Meissonnier — Rops

CATALOGUES ILLUSTRÉS

VENTE

HOTEL DROUOT — SALLE N° 4

Le Mardi 14 Novembre 1882

A UNE HEURE ET DEMIE PRÉCISES

Me Maurice DELESTRE
COMMISre-PRISEUR
Rue Drouot, n° 27

M. DUPONT aîné
MARCHAND D'ESTAMPES
Rue de Seine n° 21

PARIS — 1882

Ve RENOU, MAULDE et COCK
IMPRIMEURS DE LA COMPAGNIE DES COMMISSAIRES PRISEURS
Rue de Rivoli, 144.

CATALOGUE (N° 11)

ESTAMPES

LITHOGRAPHIES, CARICATURES

ET

EAUX-FORTES

MODERNES

Bracquemond — Daubigny — Delacroix — Jacquemart

MÉRYON — MILLET

Leys — Meissonnier — Rops

CATALOGUES ILLUSTRÉS

GRAVURES EN LOTS

Dont la vente aura lieu

HOTEL DES COMMISSAIRES-PRISEURS

RUE DROUOT, 9, SALLE N° 4

AU PREMIER ÉTAGE

Le Mardi 14 Novembre 1882

A UNE HEURE ET DEMIE PRÉCISES

Par le ministère de **Me Maurice DELESTRE**, Commissaire-Priseur,
rue Drouot, 27

Assisté de **M. DUPONT** aîné, marchand d'Estampes,
rue de Seine, 21.

PARIS — 1882

CONDITIONS DE LA VENTE

Elle sera faite au comptant.

Les Acquéreurs paieront CINQ POUR CENT, en sus des adjudications, applicables aux frais.

L'ordre du Catalogue sera suivi

DÉSIGNATION

ADAM (Victor)

1 — Pages historiques.

Suite de 6 pièces dans la couverture de publication.

2 — Passe-temps. — Le Bien et le Mal. — Proverbes, etc.

Cent-vingt-cinq pièces.

BERNIER, CHABRY, etc.

3 — Paysages à l'eau-forte.

Dix pièces, avant et avec la lettre.

BODMER (D'après)

4 — Vues des montagnes Rocheuses, etc.

Trois pièces.

BOILVIN

5 — Agacerie.

Belle épreuve, avant la lettre, sur chine.

BOILVIN

6 — Hérodiade, d'après N. Lévy.

Belle épreuve, avant la lettre.

BONHOMMÉ

7 — Erection de l'Obélisque de Lonqsor, le 25 octobre 1836.

Deux pièces.

BORET (DE)

8 — Cendrillon. Suite complète de 21 pièces, gravées à l'eau-forte, in-4.

Très belles épreuves sur papier de Chine.

BORET (DE) et ULM

9 — Les douze Mois. Suite complète de 12 sujets et un frontispice.

Belles épreuves.

BRACQUEMOND

10 — La Servante à table, d'après Lego.

Belle épreuve, avant la lettre.

11 — Le Battant de porte.

Très belle épreuve, avant la lettre, sur japon.

2 — Ils s'en allaient dodelinant....

Très belle épreuve, avant la lettre, sur japon.

BRACQUEMOND

13 — La même estampe.

Belle épreuve.

14 — Un Figurant.

Épreuve, avant la lettre, sur japon.

15 — Dernière Réflexion, (Portrait de M. Mayer). — Un Gentilhomme.

Deux pièces.

16 — L'Inconnu.

Belle épreuve sur japon.

17 — La même estampe.

Belle épreuve.

18 — Perdrix.

Belle épreuve, avant la lettre, sur japon.

19 — La même estampe.

Belle épreuve.

20 — Sarcelles.

Belle épreuve, avant la lettre, sur japon.

21 — La même estampe.

Belle épreuve.

22 — Les Taupes.

Belle épreuve.

23 — Le Corbeau. — Vanneaux et Sarcelles. — Frontispice.

Trois pièces.

BRACQUEMOND

24 — Frontispice pour *les Tréteaux* de Charles Monselet.

Belle épreuve.

BRUNET-DEBAINES

25 — Vue d'une ville.

Très belle épreuve, avant la lettre, sur japon.

CALAMATTA

26 — Marthe et Marie, d'après Lesueur.

Très belle épreuve, avant toutes lettres, sur chine.

27 — Portrait de Georges Sand, in-fol.

Belle épreuve, avant toutes lettres.

28 — Le même portrait.

Très belle épreuve, avant la lettre, sur chine.

CARICATURE (Journal la)

29 — Chasse à la liberté, etc.

Cinq grandes pièces, par Grandville.

30 — Les Feuilles publiques. — Marche de la Banlieue, etc.

Cinq pièces, rares.

31 — Moyens coërcitifs. — Le Jeu de Bague nuptiale, etc.

Quatre grandes pièces coloriées.

CARICATURE (Journal la)

32 — Grands sujets, par Grandville, Traviès, etc.

Quinze pièces.

33 — Caricatures diverses.

Vingt pièces coloriées.

34 — Caricatures.

Cinquante pièces non rognées.

35 — Caricatures.

Soixante-seize pièces.

36 — Grenier d'Abondance. — Grande Vendange du Budget, etc.

Cinq pièces, par Grandville, de la *Revue Mensuelle*.

CARICATURES

37 — Monsieur Mayeux.

Suite de quarante-cinq pièces (n° 1 à 45), in-8°, coloriées.

CHAMPOLLION

38 — Le Papillon, d'après Fortuny.

Très belle épreuve, avant la lettre.

39 — La même estampe.

Belle épreuve sur chine.

CHARLET

40 — Intérieur de Cabaret, gravé par Reynolds.

Épreuve, avant la lettre.

CHAUVEL, LALANNE, etc.

41 — Paysages.

Neuf pièces.

CHIFFLARD

42 — Salvator Rosa. — L'Affliction. — La Guerre.

Quatre pièces.

COGNIET et Léop. ROBERT

43 — Sujets divers.

Huit pièces, belles épreuves.

DAUBIGNY

44 — Clair de lune à Valmondois.

Épreuve, avant la lettre, sur japon.

45 — Le pré des Graves.

Épreuve, avant la lettre, sur chine.

46 — Pommiers à Auvers.

Épreuve, avant la lettre, sur chine.

47 — La même estampe.

Belle épreuve.

48 — Chemin montant.

Épreuve, avant la lettre.

49 — Poule et ses Poussins. — Un Cochon de Propriétaire.

Deux pièces sur chine, belles épreuves.

DAUBIGNY

50 — Cerfs au bois. — Le Bac. — L'Anon. — L'Aurore. — Titre gravé.

Cinq pièces.

DAUMIER (H.)

51 — Primo saignare....

Très belle épreuve coloriée.

52 — Portraits.

Dix pièces.

DECAMPS

53 — Corps de garde Turc.

Eau-forte originale.

DECAMPS (D'après)

54 — Son Portrait, gravé par M. Dien, d'après Gigoux.

Très belle épreuve, avant la lettre.

55 — Une Ecole en Turquie, par Henriquel Dupont.

Belle épreuve sur chine.

56 — Les Joueurs de palets, par Kœnig.

Belle épreuve.

57 — Sujets divers.

Six pièces.

DELACROIX (Eug.)

58 — Jane Shore (acte V).

Très belle épreuve sur chine.

59 — Hamlet (acte V).

Très belle épreuve sur chine.

60 — Hamlet. Suite de treize pièces, in-fol.

Belles épreuves.

61 — Arabes d'Oran. — Femme vue de dos.

Trois pièces.

62 — Seigneur du temps de François Ier. — Juive d'Alger.

Trois pièces.

DELACROIX (D'après)

63 — Noce Juive. — Joueurs d'échecs. — Rébecca, etc.

Six pièces.

64 — Roméo et Juliette. — Saint Sébastien. — Christ au Tombeau, etc.

Huit pièces.

65 — Macbeth, gravé par Metzmacher.

Belle épreuve, avant la lettre.

DELACROIX (Par et d'après)

66 — Médailles. — Macbeth. — Mort de l'évêque de Liège. — Médée, etc.

Sept pièces.

DELAROCHE (Par et d'après)

67 — Lithographies et Gravures.

Six pièces.

DELATRE

68 — Pointes sèches.

Cinq pièces.

DESBOUTIN

69 — Mlle Mou-mou.

Très belle épreuve.

70 — Jeune Femme avec deux Enfants (famille de l'artiste).

Très belle épreuve.

DEVEAUX

71 — Portrait de Hippolyte Lebas, d'après Gabanel.

Belle épreuve sur chine, signée.

DEVÉRIA

72 — Gravures et lithographies.

Trente pièces.

DIEN et P. ADAM

73 — Le Tasse à Saint-Onofrio, d'après Robert Fleury.
— La maladie de Las Casas, d'après Hersent.

Deux pièces, belles épreuves.

DIVERS

74 — La Vie de Saint-Rombaut.

Suite de douze pièces lithographiées.

75 — Panorama de Paris, vu de la place de la Concorde.

Belle épreuve, avant toute lettre, très grand in-folio.

DREUX (Alfred de)

76 — Chevaux et voitures.

Six pièces en noir et coloriées.

DUBOUCHET

77 — Vue de l'Hôtel-de-Ville de Lyon.

Belle épreuve sur chine.

DUFEU (E.)

78 — Défilé de Troupes égyptiennes.

Deux pieces sur chine.

FIELDING

79 — Animaux.

Deux pièces, belles épreuves.

FLAMENG (Léop.

80 — Saskia, d'ap. Rembrandt.

Très belle épreuve, avant la lettre.

FLAMENG (Léop.)

81 — Le Cabaret de la mère Marie.— Villon au cabaret de la Pomme de Pin, etc.

Cinq pièces, belles épreuves.

82 — Le Lutin. — Les Majas au balcon. — Jeune fille, etc.

Huit pièces.

83 — Marguerite de Navarre. — Saint-Sébastien, etc.

Quatre pièces.

FOULQUIER

84 — Caractères de La Bruyère.

Suite complète de quatorze pièces sur chine collé.

85 — Fables de La Fontaine.

Suite complète de cinquante vignettes sur chine volant.

FRANÇOIS (Alph.)

86 — Vierge, d'après Memling.

Très belle épreuve su papier de chine.

GAILLARD (F.)

87 — La Vierge au donateur, d'après Jean Bellin.

Belle épreuve sur chine.

88 — Tête de cire, d'après le buste du musée Wicar.

Belle épreuve sur chine.

GAUCHEREL (L.)

89 — Médailles. — Virgile, etc.

Sept pièces.

GAZETTE DES BEAUX-ARTS

90 — Sujets d'après les Maîtres anciens.

Onze pièces, avant et avec la lettre.

91 — Sujets d'après les Maitres modernes.

Neuf pièces, avant et avec la lettre.

92 — Portraits.

Six pièces, avant la lettre.

GEOFFROY et autres

93 — Madame Lebrun. — Jeanne d'Aragon et autres portraits.

Cinq pièces.

GÉRARD, DAVID, etc. (D'après)

94 — L'Amour caressant Psyché. — Serment des Horaces. — Endymion, etc.

Quinze pièces.

GÉROME

95 — Le Fumeur.

Très belle épreuve sur chine.

GIACOMOTTI

96 — Enlèvement d'Amymone.

Belle épreuve.

GILBERT (A.)

97 — Mme Henner. — Les Lutteurs, etc.

Quatre pièces.

GIRODET

98 — Etudes pour Ossian et Portraits.

Quinze pièces lithographiées.

GONCOURT (DE)

99 — Masque de Rousseau.

Belle épreuve sur Japon.

100 — Sujets d'après Fragonard, Boucher, etc.

Quatres pièces, belles épreuves.

101 — Sujets d'après Prudhon.

Quatre pièces, belles épreuves.

102 — Sujets d'après Saint-Aubin et Watteau.

Quatre pièces.

GREUX (G.) ET AUTRES

103 — Promenade au Harem. — Satyre. — Vignettes pour *Monsieur de Boisdhyver*.

Dix pièces.

HÉDOUIN

104 — Patrouille, d'ap. Ad. Leleux.

Belle épreuve.

HENRIQUEL-DUPONT

105 — Henri de Navarre. — E. Buttura. — Carle Vernet.

Trois pièces, dont deux avant la lettre.

INGRES (D'après)

106 — Brevet de l'exposition de 1855, gravé par Calamatta.

Belle épreuve.

107 — Mme Devauçay. — Romulus. — Adam et Eve.

Trois pièces.

JACQUE (Ch.)

108 — Pastorale

Belle épreuve sur chine.

109 — L'Hiver. — Un Coin de cour. — Une Ferme. — La Rentrée.

Quatre pièces, belles épreuves.

110 — Eaux-fortes diverses.

Vingt-deux pièces.

JACQUEMART (J.)

111 — Richard Wallace.

Épreuve avant la lettre et avant le cuivre coupé

JACQUEMART (J.)

112 — Le même Portrait.

Belle épreuve, avant la lettre.

113 — Avant le bal.

Très belle épreuve sur japon.

114 — La même estampe.

Épreuve montée en dessin.

115 — Défilé des Populations lorraines à Nancy, d'après Meissonnier.

Très belle épreuve.

116 — Une exécution au Japon.

Belle épreuve, avant la lettre, sur japon.

117 — L'Ecureuil et la Mouche.

Belle épreuue sur chine

118 — Gemmes et joyaux.

Trois pièces, avant la lettre.

119 — Gemmes et joyaux.

Trois pièces, belles épreuves.

120 — Tasse et soucoupe.

Belle épreuve, avant la lettre.

121 — Portrait de madame de Grignan.

Épreuve avant la lettre.

122 — Jacob Van Veen. — Frontispice. — La Ville et la Campagne.

Trois pièces.

JACQUEMART (J.)

123 — Une Génoise.

Belle épreuve, avant la lettre.

124 — Médaille. — Octavie. — Tête de Christ.

Trois pièces.

125 — Vase à boire. — Bijoux du xvie siècle. — Horloge Renaissance.

Trois pièces.

126 — Trépied ciselé par Gouthière.

Épreuve sur chine.

127 — Rêve d'amour. — L'Orage. — L'Infante Isabelle. — J. Van Veen. — La belle Fille de Goya.

Cinq pièces.

JAZET

138 — Judith, d'après Allori.

Belle épreuve.

JOHANNOT, ROQUEPLAN, etc.

129 — Eaux-fortes et lithographies.

Trente-six pièces.

LAGUILLERMIE

130 — Répétition du Joueur de flûte.

Belle épreuve.

LANÇON

131 — Etudes d'Animaux, etc.

Quatre pièces.

LANDSEER ET AUTRES

132 — Sujets de chiens.

Trois pièces.

LAUGIER

133 — La Vierge au lapin blanc, d'après le Titien.

Très belle épreuve, avant la lettre, sur chine, signée.

LELOIR (Louis)

134 — Un Raffiné.

Belle épreuve sur chine.

LEROUX

135 — La Dame de charité, d'après Mme Haudebourt.

Belle épreuve.

LEYS

136 — La Promenade hors les murs.

Très belle épreuve, avant la lettre.

137 — Une Visite chez l'éditeur Plantin.

Très belle épreuve, avant la lettre.

LŒILLOT

138 — Diligences.

Quatre pièces coloriées.

MANET

139 — L'Enfant à l'épée.

Belle épreuve, avant la lettre.

MARIUS PROTH

140 — Scène de la Saint-Barthélemy.

Belle épreuve, avant la lettre.

MARTIAL

141 — La Merveilleuse.

Très belle épreuve, avant la lettre, sur chine.

142 — Paris pendant le Siège, etc.

Seize pièces, belles épreuves.

143 — Paris pendant le Siège et la Commune.

Six pièces d'artiste sur japon.

144 — Paris pendant la Commune.

Quatre pièces, épreuves d'artiste sur japon.

145 — Eaux-fortes et distiques.

Suite complète de douze pièces sur chine.

MARVY (L.)

146 — Eaux-fortes.

Douze pièces.

MASSARD (J.-B.)

147 — La Vierge au voile, d'après Raphaël.

Belle épreuve.

MASSARD (Raph.-U.)

148 — Sainte Cécile, d'après Raphaël.

Très belle épreuve.

MASSARD (Léop.)

149 — Jeune fille se tenant à une croix.

Belle épreuve sur chine.

150 — Tête d'Homme.

Très belle épréuve d'artiste sur chine.

MASSON, PRÉVOST, etc.

151 — Sujets, d'après Murillo, Ribéra et le Corrège.

Cinq pièces, avant la lettre.

MEISSONNIER (E.)

152 — Le Sergent recruteur. Eau-forte originale.

Très belle épreuve.

153 — Polichinelle. Eau-forte originale.

Très belle épreuve; plus la copie.

MEISSONNIER (D'après)

154 — L'Audience, par Carey.

Très belle épreuve, avant la lettre, sur chine.

MEISSONNIER (D'après)

155 — Un Gentilhomme, par Charles Blanc.

Belle épreuve.

156 — Lecture.— Amateurs de peinture.

Deux pièces, par Flameng.

157 — Le Liseur, par Rajon.

Belle épreuve sur chine.

158 — Le Peintre, par Rajon.

Belle épreuve sur chine.

MERCURY (P.)

159 — Collection de deux cents Costumes historiques des XIIe, XIIIe, XIVe et XVe siècles. Paris, A. Lévy fils.

Deux tomes en un volume in-4°, demi-reliure. Figures sur chine.

MÉRYON (Ch.)

160 — Son Portrait, par Bracquemond.

Belle épreuve sur japon.

161 — Eaux-fortes sur Paris, par Ch. Méryon, 1852. — Titre (n° 31du Catalogue de M. Ph. Burty).

Belle épreuve.

162 — Le Strygc (37).

Très belle épreuve avec les initiales C. M., avant les vers, sur papier ancien.

163 — Le petit Pont (38).

Très belle éprenve, avant toutes lettres, sur papier ancien.

MÉRYON (Ch.)

164 — L'Arche du Pont Notre-Dame (39).

Superbe épreuve, avant la lettre et le numéro, et avec l'adress de Méryon, sur papier ancien.

165 — La Galerie de Notre-Dame (40).

Superbe épreuve, avant la lettre, avant le monogramme C. M., et les corbeaux à droite, et avec le nom et l'adresse de Méryon à la pointe, sur papier ancien.

166 — La Tour de l'Horloge (42).

Superbe épreuve, avant toutes lettres, avec le monogramme C. M. sur papier ancien.

167 — La même estampe.

Belle épreuve.

168 — Tourelle, rue de la Tixeranderie (43).

Superbe épreuve, avant toutes lettres, et avec le monogramme C. M., sur papier ancien.

169 — La même estampe.

Superbe épreuve, avec le titre et l'adresse de l'imprimeur.

170 — Saint Étienne-du-Mont (44).

Superbe épreuve du premier état, avant toutes lettres, avec les initiales C. M., dans le haut, à droite, sur papier ancien.

171 — Le Pompe Notre-Dame (45).

Superbe épreuve, avant la lettre, avec le nom et l'adresse de Méryon à la pointe, et avec les toits blancs, sur papier ancien.

172 — La petite Pompe (46).

Superbe épreuve sur papier ancien.

173 — Le Pont-Neuf (47).

Superbe épreuve du premier état, avec le nom et l'adresse de l'imprimeur, et avant les vers, sur papier ancien.

MÉRYON (Ch.)

174 — Le Pont au Change (48).

Superbe épreuve, avec C. Méryon, del sculp. MDCCCLIV, à droite, l'adresse de l'imprimeur; dans les nuages, un ballon avec le mot Speranza, sur papier ancien.

175 — La Morgue (50).

Superbe épreuve, avant la lettre, avec le nom de Méryon et l'adresse de l'imprimeur, sur papier ancien.

176 — L'Abside de Notre-Dame (52).

Très belle épreuve, avant la lettre, et avec le nom et l'adresse de l'imprimeur, sur papier ancien.

177 — Le Grand Châtelet.

Très belle épreuve, avec l'adresse de Rochoux.

178 — Le Ministère de la Marine (82).

Superbe épreuve, avant toutes lettres, avant le monogramme de Méryon, dans la marge du bas, sur papier ancien.

179 — Adresse de Rochoux.

Superbe épreuve tirée à deux tons, avant l'adresse de l'imprimeur.

180 — A. Reynier, dit Zéeman.

Belle épreuve sur papier ancien.

MILLET

181 — La Cardeuse (P. B. 1.).

Très belle épreuve sur papier du Japon.

182 — Les Terrassiers (4).

Très belle épreuve sur papier du Japon.

MILLET

183 — Les Glaneuses (5).

Très belle épreuve sur papier du Japon.

184 — L'Homme à la brouette (6).

Très belle épreuve sur papier du Japon.

185 — La Femme qui bat le beurre (7).

Très belle épreuve sur chine.

186 — La Couseuse (8).

Très belle épreuve sur japon.

187 — La Fileuse.

Très belle épreuve sur papier de Hollande.

188 — L'homme appuyé sur sa bêche. — Vaches au pâturage.

Deux pièces, belles épreuves.

189 — Bergère assise. — Femme versant du lait.

Deux pièces gravées sur bois.

MILLET (D'après)

190 — Le Semeur, par Le Rat. — Les Glaneuses, par Courtry.

Deux pièces, avant la lettre, sur japon.

191 — Son Portrait, par R. V. P.

Belle épreuve.

MONNIER (H.)

192 — Henry Monnier dans la *Famille improvisée*. — Récréations, etc.

Sept pièces coloriées.

193 — Impressions de voyage. — Récréations.

Sept pièces, coloriées.

194 — Un Inamovible. — Une Victime de l'Ancien système, etc.

Quatre pièces coloriées.

195 — Le Marchand d'estampes. — Le Bouquiniste.

Deux pièces coloriées.

196 — Mœurs administratives. — Surnuméraire. — Employé. — Sous-Chef. — Chef de Division.

Quatre pièces coloriées.

MOSES (Henry)

197 — Christian.

Suite de vingt-deux pièces in-fol. au trait.

MULLER (H.-C.)

198 — Diane et Endymion, d'après Langlois.

Très belle épreuve d'artiste sur chine, avec dédicace.

NANTEUIL (Célestin)

199 — Jacintha.

Très belle épreuve sur japon.

NANTEUIL (Célestin)

200 — Don Quichotte.

Suite de douze pièces in-fol., belles épreuves.

201 — Eaux-fortes et Lithographies.

Sept pièces.

ORSEL (Victor)

202 — Œuvres diverses.

Vingt-quatre pièces avec texte.

PIERDON

203 — Vues de Saint-Cloud après le bombardement de 1870.

Huit pièces.

PORREAU (Jules)

204 — La Princesse de Lamballe. — Marat.

Deux pièces sur chine avant la lettre.

PRÉVOST, etc.

205 — Saint Jérome. — Othello, d'après Baron, avant la lettre. — Le Moine en prière.

Trois pièces.

RAFFET, CHARLET, Horace VERNET

206 — Lithographies.

Vingt pièces.

RAFFET, LŒILLOT, etc.

207 — Voitures.

Dix pièces, belles épreuves.

RAJON, LE RAT, etc.

208 — Henri II. — Philippe le Bon. — Portrait d'une Dame, d'après Bordone, etc.

Cinq pièces.

RAMBERT

209 — Motifs pour décoration.

Six pièces avant la lettre.

RANSONNETTE

210 — Jésus et la Samaritaine. — Enfance de Sixte-Quint.

Deux pièces, sur chine.

REYNOLDS (S. W.)

211 — L'Évasion, d'après H. Vernet.

Belle épreuve.

ROPS (F.)

212 — La Femme au trapèze.

Épreuve, avant la lettre.

213 — L'Olivierade. — Le Peintre en campagne.

Deux pièces, avant la lettre.

ROPS (F.)

214 — Ex Libris. — Menus. — Lettrines.

Dix pièces, épreuves d'artiste.

ROQUEPLAN (D'après

215 — La Marée d'Equinoxe, par Gelée

Belle épreuve.

ROUSSEAU (Th.)

216 — Chaîne de roches.

Belle épreuve sur chine.

ROYBET

217 — Joueurs d'Echecs.

Belle épreuve.

SEYMOUR-HADEN

218 — Les Bords de la Tamise.

Belle épreuve sur japon.

219 — Felham.

Belle épreuve sur japon.

STÉVENS

220 — Le Chien du prisonnier.

Belle épreuve sur chine.

SWEBACH ET AUTRES

221 — Costumes militaires et soldats en campagne.

Quarante pièces.

THÉATRE (Scènes de)

222 — Album de l'Opéra, etc.

Douze pièces.

VERNET (Carle

223 — Chevaux et Voitures.

Huit pièces.

VIGNERON

224 — Assassinat du Duc de Berry.

Suite de cinq pièces, belles épreuves, rares

VOLMAR

225 — Chiens, Chevaux et Lions.

Cinquante pièces, avant la lettre, la plupart sur chine

WALTNER

226 — La comtesse de Barck, d'après Henri Regnault.

Belle épreuve.

227 — Portrait de Lépicié. — M. et Mme Van Vollenhoven.

Trois pièces.

WILKIE et TAYLER

228 — La Mort du cerf. — Le Matin. — Le Soir.
Trois pièces.

CATALOGUES ILLUSTRÉS

229 — Catalogue de Tableaux anciens composant la très importante collection de M. le Baron de Beurnonville. Paris, 9-16 mai 1881. 1 volume in-4 br., illustré de 57 eaux-fortes et 2 photographies.

230 — Catalogue des Tableaux anciens de l'École hollandaise, délaissés par M. David Biérens, Amsterdam, 15 novembre 1881. 1 vol. in-4 br., illustré de 18 photographies.

231 — Catalogue de Tableaux anciens de l'École hollandaise, formant l'importante collection de M. M. K*** Paris, 3 mars 1870, in-8, br., illustré de 11 eaux-fortes.

232 — Catalogue de Tableaux modernes et objets d'art, composant la collection de feu M. Lepel-Cointet. Paris, 9-10 juin 1881, in-8, br., illustré de 4 eaux-fortes.

233 — Catalogue de Tableaux anciens, composant la collection de feu M. Mailand. Paris, 2-3 mai 1881, in-8, br., illustré de 8 eaux-fortes.

234 — Catalogue de Tableaux anciens et modernes, formant la collection de feu M. François Nieuvenhuys, Paris, 28 avril 1881, in-8, br. illust. de 7 eaux-fortes.

235 — Catalogue de Tableaux et Objets d'art, composant la Galerie de feu M. Oppenheim, Paris, 23-28 avril 1877, in-8 br., illustré de 24 eaux-fortes et une héliogravure.

236 — Catalogue de Tableaux anciens, composant la collection de M. Roxard de la Salle, Paris, 28 mars 1881, in-8 br., illustré de 7 eaux-fortes.

237 — Catalogue. Œuvre importante de Drouais et 2 pastels de Mme Le Brun, succession de M. le Comte de V***, Paris, 20 mai 1881, in-8, br., avec une eau-forte de Gaucherel.

---

238 — Gravures du Journal l'*Artiste*, 123 pièces. Trois lots.

239 — Vues de Paris, de France et étrangères, gravées et lithographies. Environ 800 pièces. Cinq lots.

240 — Sous ce numéro, il sera vendu environ 25 lots de gravures diverses, lithographies, caricatures, etc.

Ve Renou, Maulde et Cock, imprs de la Compagnie des Commissaires-Priseurs, rue de Rivoli, 144. 32531

www.ingramcontent.com/pod-product-compliance
Ingram Content Group UK Ltd.
Pitfield, Milton Keynes, MK11 3LW, UK
UKHW022008260726
13994UKWH00004B/1978

9 782329 436913